11 Avril 1907

VENTE

Du Jeudi 11 Avril 1907

A DEUX HEURES

HOTEL DROUOT, SALLE N° 8

EXPOSITION PUBLIQUE

Le Mercredi 10 Avril 1907

DE 2 HEURES A 6 HEURES

ANCIENNES PORCELAINES

ET

OBJETS D'ART DE LA CHINE

PORCELAINES ET FAIENCES EUROPÉENNES

ANCIENNES

BRONZES — VERRES DE BOHÊME ET DE VENISE

COMMISSAIRE-PRISEUR

M° F. LAIR-DUBREUIL

EXPERTS

M. LAURENT HELIOT

MM. PAULME & B. LASQUIN FILS

CATALOGUE

DES

ANCIENNES PORCELAINES DE CHINE

Objets d'Art d'Extrême-Orient

CRISTAUX DE ROCHE — CORNALINES — JADES — PIERRES DE LARE
ÉMAUX DE CANTON

Huit Panneaux en bois avec applications en matières dures

FAIENCES ANCIENNES

DE DELFT, MOUSTIERS, ROUEN, STRASBOURG, D'ITALIE ET DU MIDI

PORCELAINES ANCIENNES

De Saxe — Zurich — Vienne — Loosdrescht
Anglaises et Françaises

BRONZES ANCIENS ET DE STYLE

VERRES ANCIENS DE BOHÊME ET DE VENISE

OBJETS VARIÉS

Dont la Vente aux enchères publiques aura lieu

HOTEL DROUOT, SALLE N° 8

LE JEUDI 11 AVRIL 1907

à deux heures

COMMISSAIRE-PRISEUR

Me F. LAIR-DUBREUIL, rue Favart, 6.

EXPERTS

M. LAURENT HELIOT	MM. PAULME et B. LASQUIN FILS
62, rue de Clichy	10, rue Chauchat | 12, rue Laffitte

Chez lesquels se distribue le présent Catalogue.

EXPOSITION PUBLIQUE

Le Mercredi 10 Avril 1907, de 2 heures à 6 heures

CONDITIONS DE LA VENTE

Elle sera faite au comptant.

Les adjudicataires payeront *dix pour cent* en sus des enchères.

Paris. — Imprimerie de l'Art, Ch. Berger et Cie, 41, rue de la Victoire.

DÉSIGNATION

PORCELAINES DE CHINE

1 — Cornet à fond blanc et rinceaux gaufrés, sous couverte, orné de personnages et crapauds en bleu. *Khang-hi* marqué à la feuille.

2 — Cornet fond blanc, décor en couleur : papillons et fleurs. Khang-hi.

3 — Bouteille avec goulot renflé, fond blanc, décor bleu : rinceaux fleuris et caractères. Ming.

4 — Vase quadrilatéral avec col cylindrique, décoré sur deux faces de paysages et sur les deux autres de caractères en bleu, sur fond blanc. Khang-hi.

5 — Vase à sections hexagonales et col cylindrique, décoré en bleu, sur fond blanc, d'arbustes et oiseaux. Khang-hi.

6 — Pot à côtes, décoré dans le goût japonais en couleur, sur fond blanc : gerbe de fleurs et faux godrons multicolores. Khang-hi.

7 — Paire de potiches couvertes, à fond céladon gaufré sous couverte, avec réserves décorées d'ustensiles et de fleurs en bleu, sur fond blanc. Khang-hi.

8 — Vase forme olive lobée, fond céladon vert clair uni. Kien-long.

9 — Bouteille à col renflé, à lobes flambés rouge-violet. Kien-long.

10 — Petite potiche couverte, fond rose et lambrequin fond jaune, fleurs et caractères en émaux de couleur. Kien-long.

11 — Autre potiche de forme et dimension semblable à la précédente, fond rose avec fleurs, vases et ustensiles en émaux de couleur. Kien-long.

12 — Vase rouleau à fond blanc, décor en couleur de branches de fleurs, oiseaux et insectes. Yung-Tchen.

13 — Vase rouleau à fond blanc, décor en couleur de personnages représentant les trois divinités Toïste, arbustes et nuages. Yung-Tchen.

14 — Paire de cornets fond blanc, décor en couleur de paysage, palmes et fruits. Ming.

15 — Paire de petites potiches à fond jaune, décor en couleur : fleurs, papillons et lambrequin à l'épaulement.

16 — Petite potiche en céladon bleu-lavande gravé sous couverte. Khang-hi.

17 — Paire de petites potiches, décorées en couleur, sur fond blanc, d'arbustes fleuris, avec petit lambrequin à l'épaulement. Khang-hi.

18 — Petite potiche, décorée en couleur, sur fond blanc, de deux perroquets sur perchoirs. Yung-Tchen.

19 — Petit vase-rouleau, décoré en couleur, sur fond blanc, de dragons ; bordure à fond vermiculé, à réserves à l'épaulement et ustensiles au col. Khang-hi.

20 — Paire de petits vases, décorés en céladon bleu-pâle, avec bordure de grecques en relief. Khang-hi.

21 — Paire de vases quadrilatéraux à cols évasés, sur socles carrés, fond blanc, décorés en couleur de paysages. Kien-long.

22 — Vase double à deux anses : têtes d'éléphant en flambé rouge-violacé. Kien-long.

23 — Jardinière formée d'une grenouille en céladon vert. Kien-long.

24 — Potiche richement décorée en couleur, sur fond blanc, d'émaux de couleur, branchages, fleurs et oiseaux. Khang-hi.

25 — Vase ovoïde en céladon craquelé vert-pomme. Khang-hi.

26 — Petite potiche, décorée de personnages et arbres en émaux de couleur, sur fond blanc. Khang-hi.

27 — Petite potiche, fond vert-clair marbré, décorée en émaux de couleur de fleurs et oiseaux. Kien-long.

28 — Théière, en forme de fleurs de lotus, décorée en émaux de couleur, sur fond blanc; base à godrons. Khang-hi.

29 — Paire de personnages porte-lumières en porcelaine, décorée en émaux de couleur, sur socles rectangulaires.

30 — Paire de chimères brûle-parfums émaillées sur biscuit, décorées aux trois couleurs. Khang-hi.

31 — Paire de bols, décorés de fleurs et oiseaux en émaux de couleur. Khang-hi.

32 — Cache-pot, décoré en couleur de chrysanthèmes et rochers. Ming.

33 — Pot couvert fond rose, décoré de fleurs, papillons et oiseaux en émaux de couleur.

34 — Petit vase, décoré, en émaux de couleur, de dragons dans les flammes et poissons dans les flots de la mer, avec palmes à l'épaulement et lambrequins au col, anses formées de têtes de chimères. Khang-hi.

35 — Paire de petites chimères en biscuit émaillé, décorées aux trois couleurs. Khang-hi.

36 — Rocher en céladon gros bleu et bleu turquoise, renfermant des divinités sur un socle ajouré de forme hexagonale.

37 — Vase à col évasé, décoré d'arbustes et de cavaliers en émaux de couleur sur fond blanc. Khang-hi.

38 — Statuette de Chinois assis, décoré d'une robe jaune avec dessins en couleur. Kien-long.

39 — Deux petits vases : l'un à réserves en forme de feuilles, décoré de fleurs et l'autre de forme ovoïde à décor de personnages en émaux de couleur sur fond blanc. Khang-hi.

40 — Bourdalou avec couvercle, décoré en émaux de couleur de fleurs sur fond blanc.

41 — Vase à panse turbinée et goulot à décor bleu et blanc, personnages dans un paysage, bordure de grecque à la base et sur l'épaulement, palmes au col. Ming.

42 — Grande théière avec couvercle, décorée de fleurs et caractères en couleur sur fond blanc. Khang-hi.

43 — Grand bol en vieux Japon, décoré de pruniers, fleurs et chrysanthèmes en couleur et or, avec bordure bleue et rosace en couleur ; à l'intérieur, même décor fond blanc.

44 — Paire de grenouilles en céladon bleu turquoise, formant jardinières.

45 — Paire de pots richement décorés de branchages fleuris, de chrysanthèmes en émaux de couleur sur fond blanc. Khang-hi.

46 — Potiche sant-soë, dit aux trois couleurs émaillées sur biscuit fond bleu turquoise, décoré en gravure de chrysanthèmes et lambrequins à l'épaulement, fond violet. Ming.

47 — Trois pitongs en céladon bleu turquoise ajourés, de forme carrée et ronde, de grandeurs différentes. Kien-long.

48 — Deux petites tables de forme rectangulaire, sur pieds, en céladon bleu turquoise.

49 — Petite potiche, décorée de réserves de fleurs et oiseaux, bordure à l'épaulement, quadrillée avec réserves de fleurs également en couleur sur fond blanc. Ming.

50 — Deux petites chimères en biscuit émaillé bleu turquoise, sur socles en bois de fer.

51 — Deux petits poussahs et une chimère en céladon bleu turquoise.

52 — Petit vase à col évasé en céladon bleu turquoise, décoré en relief.

53 — Six petits flacons en porcelaine, décor en rouge, bleu et couleur, sur fond blanc.

54 — Cinq plateaux de drageoirs de forme lobée, à deux compartiments, décor de fleurs, arbustes et oiseaux en émaux de couleur, sur fond blanc.

55 — Grosse potiche fond noir, décorée d'arbustes fleuris et phénix sur rocher en émaux de couleur.

56 — Paire de potiches avec couvercle, décor de personnages en couleur, en ancienne porcelaine de Chine, famille rose.

57 — Potiche avec couvercle, décor de fleurs et oiseaux, avec bordure à la base. Kien-long.

58 — Deux assiettes en ancienne porcelaine de la Compagnie des Indes, décorées au centre d'armoirie, avec bordure à œil de perdrix rouge sur fond d'or, avec réserves, fleurs et ustensiles au marli.

59 — Trois assiettes et deux plats en ancienne porcelaine de la Compagnie des Indes, à décor d'armoirie.

60 — Six assiettes en ancienne porcelaine de Chine, de la famille rose, décorées au centre d'un bouquet de fleurs et lambrequins au marli.

61 — Fontaine avec couvercle en ancienne porcelaine du Japon.

62 — Paire de hanaps en ancienne porcelaine de la Compagnie des Indes, à anses formées de Dauphins.

63 — Soupière avec couvercle et plateau en ancienne porcelaine de la Compagnie des Indes, décor de blason et bordure à guirlandes de fleurettes.

64 — Un pot avec couvercle, un petit cache-pot et un petit vase pitong en ancienne porcelaine de Chine.

OBJETS DIVERS DE LA CHINE

ÉMAUX CLOISONNÉS ET DE CANTON

MATIÈRES DURES, ETC.

65 — Coupe, en forme de coquille, en émail de Canton, à décor polychrome.

66 — Hanap en ancien émail de Canton, avec couvercle, décoré de fleurs, rinceaux et godrons en couleur.

67 — Coupe en émail cloisonné du Japon.

68 — Deux bols ou coupes en jade blanc gravés en relief d'ornements bouddhiques.

69 — Boite en forme et imitant un galet en agate.

70 — Petit flacon formé d'un pélican avec branchages en agate rosé, sur socle en ivoire teinté vert et sculpté à jour.

71 — Petit vase à eau avec couvercle, orné d'un dragon, cercle en relief et anses en agate tachée de différentes couleurs.

72 — Petit vase avec couvercle, formé d'un tronc d'arbre sculpté en relief, branchages fleuris et oiseaux en agate jaune.

73 — Vase, en forme de tronc d'arbre sculpté, en cristal de roche rose, sur socle en bois de fer niellé.

74 — Encrier, en forme de pêche, en cristal de roche sculpté à jour, orné de branches de pêcher.

75 — Petit vase en cristal de roche, à anse mobile, sculpté dans la masse, décoré d'une branche d'arbre en fleur sur la panse.

76 — Petit encrier, en forme de fruit, en cristal améthysé, sculpté en relief.

77 — Coupe en jade de forme ovale, à deux anses formées de feuilles, de marguerites finement sculptées, avec fleurs gravées sur les côtés.

78 — Deux bracelets en jade blanc, avec taches émeraudes.

79 — Deux petites tabatières en cornaline gravée de fleurs.

80 — Groupe de deux petites chimères sur socle carré en pierre tendre.

81 — Tronc d'arbre, formant vase, en porphyre sculpté, orné d'une branche fleurie en relief.

82 — Tronc d'arbre en malachite sculptée, avec couvercle surmonté d'un oiseau.

83 — Tabatière en verre rouge et rose, à deux couches, sculptée en relief, représentant les signes du Zodiaque.

84 — Un lot de petits pendentifs en jade vert émeraude sculpté. Environ vingt-deux pièces.

85 — Important tronc d'arbre en cristal améthysé, orné de branchages, fleurs de pêcher et oiseaux en relief.

86 — Huit panneaux en bois, avec applications de caractères, vases fleuris, brûle-parfums et ustensiles en jade, ivoire et autres matières. Travail chinois.

FAIENCES ET PORCELAINES
EUROPÉENNES

87 — Deux plaques en ancienne faïence de Delft, entourage de rocailles et coquilles en relief, décor de fleurs et oiseaux en couleur.

88 — Petite potiche en ancienne faïence de Delft, de forme balustre et octogonale, à décor polychrome orné sur deux côtés de branchages en relief encadrant un vase de fleurs posé sur une table.

89 — Grande statuette de personnage chinois, vêtu d'une riche robe décorée en bleu, jaune, rouge et or, sur fond blanc, en ancienne faïence de Delft.

90 — Soupière, de forme ovale et contournée, avec son couvercle à bouton formé d'une pomme, décorée de bandes quadrillées bleues à réserves, et de bouquets de fleurs en couleur, sur fond blanc, en ancienne faïence de Delft.

91 — Deux corbeilles ovales en ancienne faïence imitant la vannerie, décorées au naturel et de bouquets de fleurs.

92 — Belle fontaine en ancienne faïence de Moustiers, avec couvercle surmonté d'un dauphin, finement décorée d'un médaillon ovale à sujet représentant le triomphe d'Amphitrite et de nombreuses guirlandes de fleurs, anses et bec à mascarons en relief.

93 — Écritoire en ancienne faïence de Rouen, décor bleu et blanc.

94 — Pichet en faïence, à décor d'armoirie et de rinceaux en bleu, jaune et vert, sur fond blanc; couvercle en étain.

95 — Vase en faïence, à décor polychrome, avec anses formées de dauphins.

96 — Coupe en ancienne faïence, formée d'une assiette remplie de poires décorées au naturel, dissimulant le couvercle.

97 — Deux gargoulettes en ancienne faïence italienne, décor polychrome.

98 — Quatre plats ronds en faïence de Delft, décor à fleurs en couleur, sur fond bleu turquoise et vert.

99 — Écritoire, en forme de coquille, en ancienne faïence décorée en couleur, avec oiseau et enfant.

100 — Plateau, formé d'une assiette, en ancienne faïence de Strasbourg, avec monture en argent.

101 — Cheval en ancienne faïence du Midi, décorée au naturel.

102 — Groupe en faïence lorraine, décorée en couleur : Amour à l'arc, avec enfant lui donnant une flèche.

103 — Assiette en ancienne porcelaine de Loosdrecht, ornée au centre d'un blason couronné et guirlandes de fleurs au marli, à bord festonné.

104 — Bol en ancienne porcelaine de Saxe, à bord festonné, décoré de bouquets de fleurs.

105 — Pendule en porcelaine de Saxe, forme de monument, avec figurine de Femme et Amour, décoré de médaillons à scène de personnage et rinceaux en dorure.

106 — Groupe formé de deux personnages, à sujet galant, en ancienne porcelaine allemande décorée en couleur.

107 — Paire de flambeaux en porcelaine de Saxe au point, de forme Louis XV, à décor de fleurs et rocailles en couleur.

108 — Paire de flambeaux en porcelaine de Saxe au point, à décor de fleurettes et armoirie en relief à la base.

109 — Flacon à thé et une soucoupe en porcelaine de Saxe, décor de fleurs en camaïeu rose.

110 — Deux grandes figurines en porcelaine de Saxe moderne.

111 — Paire de flambeaux en ancienne porcelaine de Zurich, à décor de fleurettes et rocailles.

112 — Flacon à thé avec son couvercle en ancienne porcelaine de Zurich, décor de paysage en camaïeu gris.

113 — Petite potiche, fond jaune paille, à décor de fleurettes et de six réserves en camaïeu rose, sur fond blanc, en ancienne porcelaine anglaise.

114 — Deux chiens en porcelaine, décorée au naturel.

115 — Personnage assis sur un tonneau formant fontaine en ancienne porcelaine, décor bleu et blanc.

116 — Groupe formé d'un jeune couple avec cage et oiseaux en porcelaine de Vienne.

BRONZES ANCIENS ET MODERNES

OBJETS DIVERS EUROPÉENS

117 — Statuette de femme en bronze patiné.

118 — Petite statuette d'homme en bronze patiné du XVIe siècle.

119 — Cloche en bronze patiné et ciselé, avec poignée formée d'une statuette d'enfant. XVIIe siècle.

120 — Bronze d'après l'antique : Jeune Femme assise sur une cruche. *Maison Barbedienne.*

121 — Buste de jeune femme en bronze patiné.

122 — Groupe de deux enfants sur une tortue en bronze patiné. Signé : *Bouret.*

123 — Petite coupe de forme lobée et cachet en bronze patiné.

124 — Deux flambeaux en cuivre ajouré.

125 — Corbeille, de forme rectangulaire, à deux compartiments, en ivoire sculpté et ajouré.

126 — Coffret en écaille gravée, de forme ovale, avec monture en argent ciselé.

127 — Grand peigne en écaille découpée à jour.

128 — Grand gobelet avec couvercle en verre de Bohême, taillé et gravé, sujet d'Amour dans un paysage.

129 — Gobelet avec couvercle en verre de Bohême, taillé et gravé, décor d'animaux dans un paysage.

130 — Quatre gobelets à pieds, dont un à couvercle, en verre de Bohême et Venise.

131 — Coupe et buire en verre de Venise.

RED. :

18

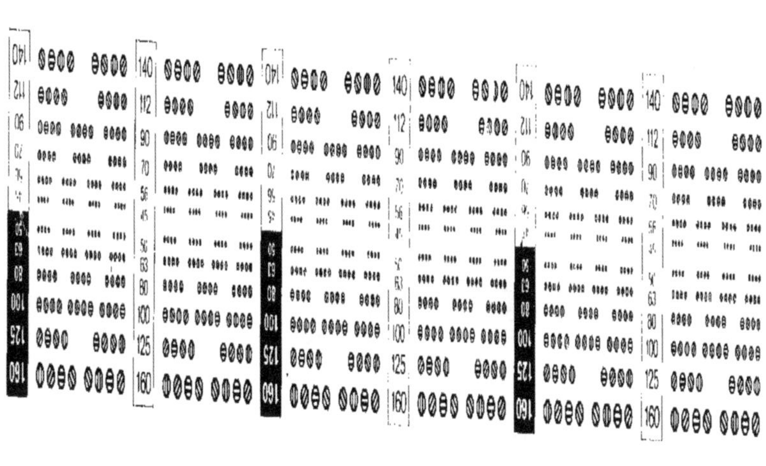

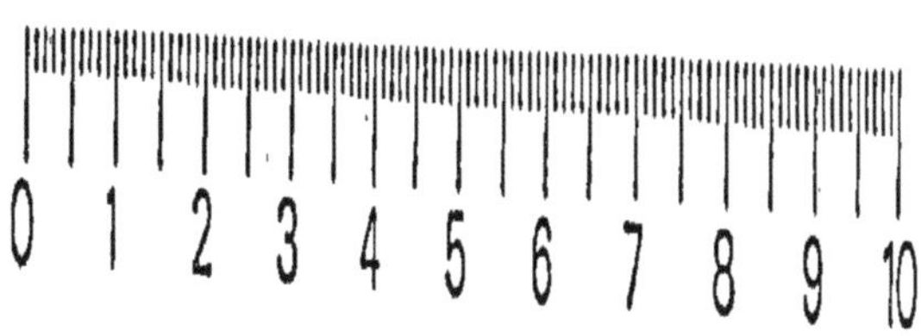
0 1 2 3 4 5 6 7 8 9 10

www.ingramcontent.com/pod-product-compliance
Ingram Content Group UK Ltd.
Pitfield, Milton Keynes, MK11 3LW, UK
UKHW021045260726
13994UKWH00005B/2366